RECVEIL DE NOELS,

Composez au Langage de Grenoble par Mr *** à l'honneur de la Naissance de JESVS

A GRENOBLE,

Chez FRANÇOIS CHAMP,
Marchand Libraire, à la Place
Saint André.

Noëls de M^r ✳✳✳

QUE de beauta & de bonna gracy, là
    Lut din la facy
De ceu bel effant,
Jamey moutet n'en eut tant,
Chacun dit qu let noutron Rey,
Permy su mon archy ju crey,   [rey.
Et que din touta la terra ne fût jamey son pa-
    U let couchà din un petit carroù, là
Dun pourou eytablou,
Ni a de clartâ
Que cela de sa bieautâ,
Ben qu-siet en pourou lieu
U dion qu-let lou Fis de Dieu,
Sou zeu son de lumeyry ben mey que qua-
     trou cruzieu.
    Ne fut jamey poumà galatàna, là
Que fusse plu sànà
Quêret a don
La mare de queu Poupon,
Elie nayet ny ma ny douloû
Et le rouze que son en floû,   [couloû.
Uprés de se Deu jaute, n ayon ny gracy ny

Un bon Vieliar quan l'effan plourave, là
L'encoucoulave
Dedin fon mantet.
Penfan de ly en faire un cret,
Ulat lou zieu amitoû,
Et jamey ie ne vy Eypoû
Jitta à fon Eypouza de rigard plu amoeyrou.
Trey bravou Rey cefiron du étre, la
Veyant lour maître
Et s'étion parâ
Pe loù veni adorâ,
Un du trey, je creyou quey Gapar
Ben quu fufë un pou bouchar   [Eynar.
Ayet l'arma plu blanchy que la ney de Saint
Prou de Bergié y charameliron, la
Et y pourtiron
Louz-un un agnièt
Louz-autrou fruit & tourtét :
U furon ben un pou marri
Quant le viole de Monfleuri   [vari.
Firon que lourz aubade paffiron per chana-

<hr>

Autre Noël.

D On vin cela grouffa clartâ,
Noutrou Poulet non ren chanta
Lou fiot que fat cettà lumeyry
Sarito din noutra feneyry.

Bergeres changez vos foupçons
En des Hymnes & des Chanfons,
Pour benir la caufe premiere
Et l'Autheur de cette lumiere.

 C'eft le Ciel qui nous a donné
L'Enfant qui ce foir nous eft né,
Vous trouv erez ded ans des Langes
Le Dieu le delice des Anges.

 Gramarci Monfieur Luzelat
Si la mare n'ayet prou lat
Nou menarion noutra veyzinà,
Quey tout pier levâ de jaffinà.

 Jana porta li ton gatet
Ta bugnetta & ton tourtet,
Nanon li porte una Lièvrà
Et Toueynou una touma de chievrà.

 Liaudoù porta li ceu batià
Que ta fi fouven fu loù nâ,
Ma fey Toeynou de la Riveyry
N'a leyffià qu'una plenà eygueyry.

 Niourit proù per fare un feftin,
Fillè founon noutra Catin
Que li pourtarat fe garaude
Per ly teni le chambe chaude.

 Nou trouviron ceu bieau moutet
Dedin una grangy fans tet
A lourri d'un poù de murailly
Deffu una braffià de pailly.

A iij

Tout traluyet de ſa clartâ,
Sa marè a ſon pié aſſetâ
Erèt pru freychy & pru bellà
Que n'et una rouza nouvellà.
  Prion tou la mare & l'eſſan
Que noù ne veyon de tout l'an
Duz eycrit de cettè canaillè
Que venon recuvra le taillè

Noël ſur l'Air, *du petit Galop.*

Noutroû meyna ſarravon louz oulagne,
Noutron Poulét éret prèſt a chantà
Et louz eyſſar qui fon pe le montàgne
N'ayon quaſi ny chaloû ny clartâ
Quant un eſſan que pourtave unà robà
De ſin argen ſi ſin én fut jamey,
Que traluyet ny mey ny moin que laubà,
Nouz aduſſit lou bon ten & la pey.
  U noù diſſit d'alà vey la pucelà
Qu'a fat la pey en faſan ſon eſſan
Quan je devrin engagié ma veyſſelà,
J'y volou ala lou dou brat pendoulan,
N'y ala pâ, ſarit una vergougny,
N'y ren pourça, ſarit incoura pi,
J'ay douz agneu que non pâ prey la Rougny,
Je ſeu d'avi de louz ala uſri.

La Viergy a la freichou de le rouze
Quumey de May la rouza a mouliat
Et fou tetet pe dire toute chouze.
Mey de blanchou que n'at noutra calliat,
Sou dou Poupeu femblon cettè mayousse
Dont la rougeou a pleizy déyclatà,
Et fon moutet le trouvave fi douce
Quá male pene y le poyet quittâ.

Lou paillassieu ontè y loù maillouraye
Erion plu blan que la premeyry ney,
Y sayet ben quand ellye loû filave
Qu fervirion un jour pe ceu grand Rey,
En venit trey que pourtavon de tasse
Toute dourey, le presenton à l'effan,
Mais quand Joufet le farrit din fe biasse
Lou Rey Mouret, s'en alit deypeytan.

U lét plu nier que n'et noutron cumaclou,
At lou cheveu frisià commm'un Agniet,
Et lou savon fariet un grand miraclou
Si li pouviet un poû blanchi la pet,
U depeytit mais quand fa consienfy
Lu reprochit u l'en fut fi marri
Qu'uussiet fat trey mey de penitenfy
Si ussiet poûi la fare à Monfleuri.

2

Autre Noël.

DU ten que louz Anges chantavon
La muſiqua u Bergié,
Lou Diablou ſe deſeſperavon
Pe loû fare enragié
Gnayet trey que fazion la grailly
Quatrou faſion lou bout,
Un brandave una ſonnailly,
L'autròu criâve peyrourout.

    L'ayon de fiò deſſu la creytà,
De Serpen a la coûà,
Un que ſintit l'eyga beneytà
Criave comm'un foüa,
Nê ſey qui loû voulit redure
Quáyet proù penà enfin
Monſieu Jean loû fit toû enfure
En diſan trey mout de latin.

    Mon Dieu la chouſa ey bien eytrangy
Orè que fat ſi fret,
De voù vey dedin una grangy
Ou trey pot fon lou tet,
Si le gen ſçavionqui vouz éte
Si lu ſçavion, bon Dieu
Vouz ouria paſſa voutre Féte
Un poû mieu din quauqu'autrou lieu.

Je trouvi ſi freychy & ſi bellà
Cela joeyna Gizen
Que j'y pourti ma grouſſà Agnellà
Pe l'i fare un preſen,
Lia prit laſſà & me fit rendre
La ventrailly & la pet,
Je voudrin qui vouluſſe prendre
Son Agnet & tout loù troupet.
   Du ten de le meychenté preyze
Loû pouroû meynagié
Sen le châtagne & le ſireyze
N'ayon ren que migié.
J'engagi pe ceyquintà guerrà
Uu carroù de Vergié;
Pui que voù rachitâ la terrà
Rachita loù où lou deygagié.
   U dion dédin noutra Perrochy
Qu'a toù loù feyturié
Y lour faron donna talochy
Avoey uzuſurié,
Que chacun faſſe ſouz affarè
Et que le poûré gen
N'ayon plu chanille, coucoûare,
Loû beroû, guerra, ni Sergen.

﹡﹡﹡﹡﹡﹡﹡﹡﹡﹡﹡﹡﹡﹡﹡

Autre Noël.

TErdedié n'étiè gin de bâda
   Loù poûr'homè mouriet de poù

Que noûtron Pieroù fut jalou
Que ne fuſſe mey qu'aubade
Coume quan mon pouroù Martin
M'en touchave toû loù matin.
  Cependan n'étion que des Ange
Non pâ que je n'en vi jamey
Qu'en chantan prometion la pey
U Bergié que gardon le grange
Bella joy farit u Flaman
Que lour en prometrit autan.
  I contavon ſu lour nivoula
Que la Viergy aviet fat l'éfan,
Mais que diria voù de ma gran
Que dit que n'et qu'una favoula,
Eliet opiniatra & ne cret
Que ce qu'eliat ou ce qui vet.
  A la fin je l'ay ben fat creyre
Bon grâ ou maugrâ je l'ay menâ
A l'endret ou l'èfan ey nâ,
Du pleyſi qu'elieut de loù veyra
Li maugreit ſa vieilly pet
De n'avey laſſet ny poupet.
  La Viergy plû freychy & plû bellà
Que ne ſont pâ le joyne flloù
U ten qu'elion prey lour couloù
U ten de la ſeyſon nouvêllà
L'i baiſit ceu Rey milè fey
Et ſon pié & ſon petit dey.

Celà not noûtrà groſſa clochy.
Sonnit quatroù fey d'en per ley
Monſieû Jan per u fare vey
Aſſemblit toutà la Perrochy
Fut eycrit du biau lendeman
Din loù papié du Chatelan.

Non jamey de pareillè chouze
Non rendu le gen eybay
Toû loû rouſſignon du pay
Chantiron, comme quan le rouze
Per rendre loù printen plû gay
Font lou chapèu du mey de May.

En ceu teh léytélà nouvellà
Deſſu la grangy pareyſſit
Loù trey Rey qu'elli conduſit
Teniron proù gen en cervelà
Chacun ayèt proû de nourri
Touta cela Gendarmari.

Mais bien loin d'être en celà penà.
Ni de froudâ le poûre gen
Y laiſſiron d'or & d'argen
Mey de quatroù banàtey plenè
Loù moûroù, coûme chacun ſat
Soullet en leyſſit un plen ſat.

Loû mâtin dé noûtron vilogeoù
Se mettiron toû à jappà,
Le poûre bêtie n'ayon pà
Jamey veù de parey viſageoù

loû pourous hôme fuyon tout
Sen brùt & fens en dire mout.

Autre Noël.

Noùtroû Bergié nous ont contâ
Una nouvella bien eytrangy
D'una Viergy qu'at enfantâ
U dedin d'una poûrà grangy
Q'un Rey neyſſe ſi pouramen
Fau ben que ſet un faimen.

  Liaudo va vey l'Abé Firmin
Ce l'hôme de bouna capochy
U lit mieu loû vieu parchemin
Qu'home que ſet din la-Parrochy
Tout quant & quan y voù diràt
Ce que yet & ce qu'en ſarat.

  Loù Gouvernoû Baſtian a fat
Un magaſin pe ſa naiſſancy
Du vin de Rouman de crouſſat
De Chapon grâ en abondancy
U n'epargne or ny argen
Per ſoulagié le poûre gen.

  Capet qu'en a ſinti l'où flat
Allave ſegan la fumeyry
U broutacu de quoque plat
Qui fazion per la jaſſineyry

Ufrit trey froumageou u bon Dieu
De gruyery de fontagnieu.
   Noutron Conto quêret chagrin
De vey l'éfan din la feneyry
Baillit un cret de biau fapin
Et de téla pe la poufleyry
Trey pià & quatrou paillaffieu
Qu'u li donnit u nom de Dieu.
   Lhaudoù que vit où bon Joufet
Qu'aviet una groffa coucourda
Pe malheur plenà de laffet
Difit Diablou fet le balourda
Perque bità dedin
De fin la ffet u lieu de vin.

Autre Noël.

Q Uunta preffa
   Chacun fat pe veyre un Poupon,
Je mourrin mon archy de trifteffà
S'u preniet lou fenipon,
Allon y don menà, chacun y court
Chacun y court
Fare fa cour,
L'on lou trove
Plu biau que loù jour
Su la terrà
Su la terrà

B

U let venû
Tout nû
La poûra brify
Que pe noù rachità
L'nome, l'home, l'home, l'home
L'homé eret gatâ
    Du Pere Adam la gourmandify
En Enfer ayet tout mettâ
On li baille
Ce qu'on at, Gouvernou charman
Fa portâ de viu de poulaille
De la Villà de Roman
Lhaudoù fi te me cret
Pren ton fublet
Pren ton fublet
Tochy u motet
Mais bien adret
Tochy u motet
Croûy de pailly
Croûy de pailly
Si tà loù dey blet
Vin tout ore
A pié conpet
Capet coüitate mieno
Et fe fat deyjà tard
Vitoù, vitoù, vitoù, vitoù,
Bravo Conto
Si vous plait nous iron noû doû
De m'ufri je n'ourey jamais hontoù

Maque je fayayfo avec vou,
Hautà levâ voù don
Noù fon proù foû
Noù fón proù foû
Vous yé la toû
Mais jendurou fey
Fau pe chavona leycot
Loù pot
Ceu fiot martêre
Oüey feu ben comme voù
Filly, filly , filly , filly cachy noù
Si noutron Lhaudo noùvet bêre
U torne arrié tout coeytoù.

***

Autre Noël.   X

V mêmo tem que loù chan du poulet
    Meypart le not que la fret ren fi longe
Et que loù fongeo ou ben quoque foulet
Du fau plaifi font fenti le mefonge
La Lumery & la Verità
Vouliet naitre en l'obfcurità.   bis

    Pe tout laffa on fafiet queyfie lou brut,
Et l'on n'ouyet maque quoque zarmaille
Eipouraffié du lumet du culût
Qu'en frayatan brandavon lour fonnaille
Quan l'angeoù noù venit contà.
Ce l'eyroufa Nativitâ.

A ij

U traluyet comme un joeynou soley
Qu'en se levan fat fure le niévolè
Se raube étion plû blanchè que la ney
Don louz hyver nou couvron le Pivoulè
Mais ren ne fut jamay parey
A l'efan qu'u nou mandit vey.

  Vous enssiâ dit que toute le clartey
S'étion rengié u tour de son visageo
Sa joeyna mare aviet mille biautey
L'on poûriet neute en conta davantageo
Sen lou piat qui s'ere bettâ
Qu'en derobavon la meyta.

  De chaveu brun dessu son blan colen
Fasion l'éyclat du dessus de se jaute,
Vous eussiâ dit de sa bouchy & se den
De vey de perlie u milieu de dieu griote,
Mon cour a penâ a s'azardâ
De me là leyssié regardâ.

  Ne douta pâ qù ne garde en son cour
Toû loû perpoû quà don que se dissiront
Soû yeu su noù fûron quasi toûjour
Sen loû virie su ce que nous y firont
Et quand l'efan noù beneysit
En conneyssancy u noù risit.

  Efan jamey ney nâ si pouramen
Mare un effan de passiency
Ne la ngu l'jte dssi poû de sentimen
Jamey le gen si poû de consciency
de loù leyssié duran l'hiver
Din un eytabloù découver.

Autre Noël.

I'Ay ouy chantâ lei ver noutre pivoûle
Sey quun moutet que parlâve latin
Se raube fon comme celè nievoûle
Que loù fouley fat lure lou matin
Quan louz agneu fon de cambade
Que fon réverdi loû boüiffon
Loû rouffignon nont point d'aubade
Si douce quétion fe chanfon.

U noù fit vey din zun carroù de grangy
Una gizen dedin un pouroù lieu,
Laffa u n'ayet ny courtina ny frangy
Et fon motet qu'un petit paillaffieu,
Ben que lou lieu fet miferabloù
Se quauquaren u fut jamey,
Lour biautâ rendiet ce l'eytabloù
Plu biau que lou plus gran paley.

De joeyne gen quàyon de grande zâle
De la couloû du plu biau parpaillon
Le zeytendion de deffu lourz eypâfe
Que loû fervion de petit pavillon
Un hôme de la meilloû gracy
Que jen ayeifo veu de l'an
Colave foû zeu fu la facy
Et de la mare & de l'effan.

B iij

J'ay oüy parlâ d'una eytelá nouvellá......
Que le gen dion que va querre de Rey,
Je néy pâ su meta din ma cervela
Sy saron quatrou ou ne saron que trey
Sy son gen a fare gogailly
Et qu'u nou l'aissleyson en pay,
Noù vendron mieu noûtre poulaille
Et noutroû dindoû que jamey.

Autre Noël.

Dieu sey set Dieu vous ayde
Cette not son bien freyde
Madamà la gisen
Noù son de poûre gen
Noûtra fenà voù mande
Un mourcet de monton
per passà le chalande
Et douz ou trey poulaton
   Eliet net gin vileynà
Mais n'y a poin de Reynà
Plu farouchy soù crey
Et plu fierà que ley
Faut pà que vous u cachoù
Liet faussà a dire icy
U nà pâ que je fachoù
D'autra tara Dieu marcy.
   Elie sat de bonne herbe

Et ne sçáy quan de gerbé,
Cela que mieu gari
Ait son gilimandri,
Faites en un bruvageou
Per lou Sire Jouset
Que n'à su son visageou
Pâ mey de viá qu'un uzet.
　　Que ce l'effan et bravou
Assa meyna coitavou
Faites voutrou presen
Et puis tour non nous en
Din cela mailloteury
Veyé commey tralut
U prez de sa lumeyry
Lou souley n'eyt qu'un culut.

Autre Noël.

Sur l'Air *Vos mépris*

Biau motet que mené loù jour ⟨ loù cour
Voutron discour nous a ben tan toucha
Que sen tardâ
Noù von maudà
Coûre Tiéven en Bethlen
Plu for que loù ven,
O bel effan quù let traluan
Vou diriâ que soû zieu son de diamen
Je ne creyou pâ que jamey

Ñi aye un parey
Dama gifen noù fon de poûre gen
Venu féyen pe voû portâ noutron prefent
Et yet un agnet grâ
Nét pâ pe nous en fçavey grâ
Loù bon Dieu fat lou pouroù eytat
Onte la guerrá a trat toù ce loû de noutron état
Car laffa loû pouroù Bergié
Ne poyon foulagié
La poûretâ que voû foûfrié
Et que noù fat fi gran pitié
Laffa loù pouroù petit
Noù regarde & noù rit
Pot être quù fat
Tout ce que nous on dit
Bravoù popon noutron bon métre
Toûjou noù voù ferviron
Et a jamey gran Dieu noù vous adoraron.

Noël fur l'Air, *Bon pere Noë &c.*

QUeyfié vou veyra meyna
Que quoqu'un eyt à la porta
Qui tout ore ont urta
Ou je feyou morta,
Sen douta quoque Monfieu
Set perdu pe ceteu lieu.
Etan à à à étan la la la

Etan à étan la
Etan à la chaſſy
De quoque Begaſſy

L'Ange.

Ce n'eſt pas cela Bergers
Ouvrez vos oreilles,
C'eſt un Ange Meſſager
Du Ciel qui vous appelle
Vllez vous en dans ce lieu
Vous y trouverez un Dieu
Qui fait des des des, qui fait mi mi mi,
Qui fait des, qui fait mi
Qui fait des miracle
Ce divin Oracle.

Louren, Tievena, Margot
C'a prenon courageou
Je voey quitta mou ſabot
Per fare ceu viageou
N'y faut pa pamoin ala
Que nou n'ayon apreſta
Quoque bon mi mi, quoque bon nies nies nies
Quoque bona nieſla
Pe cela Pucela

Autre Noël.

Sur l'Air *un jour Pierot voyant Margot.*

A Male pene éret meynot
Notrou pan blan éron pier cot

Quan l'Ange aducit la novella
De cellEfan quey tout pier nà
D'una Mare toujour pucella
Et que nou deyt tou rachità.   bis

　U noû difit a tou d'allà
Dinz una grangi deyfolà
Ou la Gifen ayet prey placi
Nou firon vitou fon comman
Et nou priron tou noutra biaffy
Sens attendre lou lendeman

　　N'éron avec ceu Meffagié
Ou de Bergeyre ou de Bergié
Mey de vingt fans la refatally
Dret que nou l'uron demandà
Nou lou troviron fu la pally
Héla qu'u fafiet grand pidà.

　U lere fi mal açoutrà
Que pe lou veyre fen plourà
Faudrit avei lou cour de chanou
U n'aviet ni fioc ni chalou
Que lou flat du bou & de l'anou
Incou Satan n'ere jalou.   bis

　Pa moin nou viron tou a poin
Trey bravou Prince de bien loin
Li veni fare la coulada
U montavon d'anou bouffu
Tou chargea d'or & de pomada
Et d'eypiffari pe deffu.   bis

　Un Vieillar lou priit à fou brà

De joey fe metit à plourâ
Difan a touta l'affiftanci
Je n'ey pa tout perdu mon ten
Peu que je veyou fa nefiancy
Adieuciat je mourrey conten.

Autres Noëls

DU ten que la gran frèt aproche
Que noù dormion comme de roche
A la meynot per loù plu tard
Un Ange que prit là deycifa
Noù la donnit a toù fi grifâ
Qù ne noù leyffit pas un liard.
U noù fit vey tan de lumeyry
Qù creyon din noutrá charreyry
Que loù fouley ére levâ
U nous anoncit la nouvella
D'un bel éfan qu'nà pucellâ
Vin de fare pe noù fauvâ.
U nou menit dret a l'eytabloù
Ou dinz un eytat pitoyabloù
La mare & l'Efan fon treytâ
U nòn pas una pâta enteyry
Per li fare una mailloteyry
Sy granda ét lour poûretâ.
Trey Rey quàn Eitelà
Y venon tout dret fen lanterne

Li fare lour prefen ceu jour,
Ceu qùffrit aviet je gageo
Ormy le den tot loù vifageo
Plu nier que la gorgy d'un four.
    Commù fit prendre la pouraffi
A l'Efan quen virit la facy
De ver loù fen de la gifen ,
Joufet s'avancit per li diré
Ne vous aprochié pâ tan Sire
L'Efan prendra louz acciden.
    Ceu Rey fortiet de bonna eycôlá
U ne difit jamey parôlá ,
Ni que Joufet fuffe trot pront
U lieu qùn courtau de boutiquá
Ou quoque gen de tricanicá
Prendrion celey per un affron
    Prion l'Efan prion la mare
Que jamey din noutroù zaffare
Noù n'ayeifon l'armá troublâ
Que noù n'ayeifon plù de guerre
Que noùtre vigne & noûtre terre
Pourteifon proù vin & proù blâ,

www.ingramcontent.com/pod-product-compliance
Lightning Source LLC
Chambersburg PA
CBHW071302130726
47998CB00003B/1307